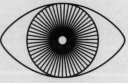

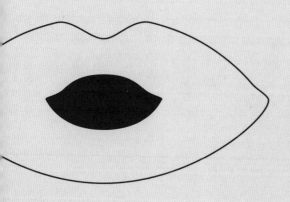

● 語言可視化，首先從你發音的唇形看出來。

看得見的

廣

東

話

修訂版

原來

廣東話咁好玩！

編輯的話

"咁啱嘅？"

"出街呀？"

"食咗未？"

……

在香港電影《麥兜》中，幼稚園小朋友跟着老師 Miss Chan 唸日常交談的"三字經"，令人印象深刻。短短數語，卻包含廣東話有別於普通話的許多特徵。

首先，就語音而言，有"啱"的聲母 ng- 和鼻音韻尾 -m，"出"和"食"的入聲韻 -eot 及 -ik 等。

第二，從文字上看，亦有"咁""啱""嘅""咗"等方言字。

第三，對於詞彙，"出街"指的是逛街，"食"用作動詞，等等。

原來，在平淡無奇的廣東話日常交際中卻蘊藏如此大的學問，"睇上嚟係唔係好威呢"？

如果，你是一個廣東話愛好者，知道學習這門方言體系可以通過電影電視等有趣的橋段，"係唔係好得意呢"？

如果是的話，請你也翻翻這本書，"睇一睇"這門有趣的語言。

使用說明

何為廣東話？

粵方言，通稱"粵語"，習慣上也叫"廣東話"，本地人又叫"廣府話"或"白話"（為便於表述，以下統稱"粵語"）。它的名稱來源於中國古代對嶺南的稱謂"越"（通"粵"）。

講這種語言的人集中分佈在廣東省的中部、西部、北部及香港、澳門，不同地區的粵語在發音、詞彙上都會有些許差別。隨着廣東華僑的足跡遍佈全球，海外也有很多講粵語的人群，尤其是在東南亞、北美、英國及澳大利亞的華人社區，全球使用人數約七千萬。

在魏晉南北朝時期，中原地區再度處於長年戰亂，北方更首次淪陷於外族手中，以致中原人逃至嶺南地區。嶺南地區漢族人口大量增加，這是中國歷史上中原人口南遷的第一個高峰期。當時從中原傳入的漢語與以前形成的古粵語——嶺南百越民族的土話混合，拉近了古粵語和中原漢語的距離。後又經過持續不斷的人口遷徙和語言混合，逐漸形成了特色鮮明的粵語。

辛亥革命推翻帝制，天下共和。據民間傳聞，首屆國會曾提議奉粵語為中國"國語"。當時的國會議員廣東人剛好過半，通過這一法案應不成問題。但孫中山先生覺得不甚妥當，逐個勸告那些粵籍同鄉改變初衷，放棄具有九個聲調、抑揚頓挫的廣東話，而奉只有四個聲調的北方官話為國語，這使粵語與至尊地位失之交臂，屈居方言之位。以上說法，未必可信，但粵語確實與現行的漢民族共同語——普通話差異較大。

　　粵語對古代音系的成份保存得較為明顯。(1) 無濁塞聲母。(2) 古 -m、-n、-p、-t、-k 韻尾保留完整。(3) 有長短元音 -a- 構成的一組韻母。(4) 聲調多達 9 個：陰平、陽平、陰上、陽上、陰去、陽去、陰入、中入、陽入。(5) 連讀變調不明顯，但有豐富的語義變調。(6) 單音節古詞較多，如"頸 (脖子)""望 (遠望、盼望)"；有些詞可能來自古楚語 (如"睇〔看〕")、古壯侗語 (如"諗〔想〕")；一些複音詞的詞序與普通話不同，如"齊整 (整齊)"；有一批特有詞，如"嘢 (東西)""餸 (下飯的菜)""攞 (拿)""靚 (漂亮)"等。而在現代的語言接觸中又加入了其他新特點，像粵語中就有較多外來詞，如"波 (球)""呔 (領帶)"，等等。

　　粵語的構詞法豐富多彩，也保留了古漢語的韻味。例如量詞可單獨與名詞構成量名短語，如"條裙幾靚 (這條裙子挺漂亮)"；有些狀語可後置，如"行先 (先走)"；比較句"我大過你

（我比你大）"與雙賓句"畀支筆佢（給他一支筆）"的詞序都與普通話不同。這些語序結構多見於南方方言，如溫州、閩南、潮汕、客家及粵海之地。有學者指出，此般現象乃古漢語南播之時與侗台語系諸語言長期接觸之果。

在詞彙色彩方面，粵語中形容詞或名詞後面往往加兩個襯字，增加了詞語的韻律感，使詞語更加具有世俗味，例如"多羅羅（很多）""懵盛盛（糊塗）""白雪雪（雪白）""牙刷刷（很拽）""濕立立（濕漉漉）""暈陀陀（暈乎乎）""心掛掛（牽腸掛肚）"等。此外，名詞下加仔、女、佬、婆等詞尾，也增加了詞語的生動性，如："凳仔（小凳子）""靚女（美女）""叻仔（聰明的男孩）""豬肉佬（賣豬肉的男人）"等。

總的來說，粵語的語音和詞彙系統是比較複雜的。由於詞彙是語言系統中變化最快的，許多生動有趣的情況也反映在其中，所以本書將粵語視覺化，選中的便是林林總總、"鬼馬生猛"的詞彙。

注音説明

目前，中國內地、香港、澳門及海外華埠所用的拼音方案各不相同，各處的粵語羅馬化拼音方案或非羅馬拼音方案種類繁多。

本書詞彙讀音標示統一使用香港語言學學會粵語拼音方案（簡稱粵拼[jyut⁶ ping³]，具體見附錄二），聲調上標為九聲六調，例如："閹[jim¹]""掩[jim²]""厭[jim³]""嚴[jim⁴]""染[jim⁵]""驗[jim⁶]""□* [jip¹]""腌[jip³]""葉[jip⁶]"。粵語中如第四聲連讀時會發生變調，故本書詞彙讀音按變調標示。

該套粵拼方案是由香港語言學學會於 1993 年制訂的粵語羅馬化拼音方案，且得到了香港教育界、電腦中文資訊處理等多方面的支持。除了香港以外，中國台灣和日本也有使用此方案的輸入系統出售，因此採用該系統作為本書的粵拼形式。

*□ 表示此發音在粵語中有音無字。

目錄

下編：粵語視覺創意設計

附錄

後記

序一：有溫度的方言

"笑騎騎""口花花""手多多"，一連串吸引眼球的手繪圖畫，趣致純樸的表現方式，讓圖形和語言共同發聲，這就是《看得見的廣東話》。

看這些圖，品這些詞，你會感覺粵語極具趣味性和生命感。特別是通過圖形回看字，能帶出一種別樣的新鮮，那就是活靈活現。

戴秀珍通過這本書，把老師的教與學生的學，呈現為符號交流，讓人喜讀愛看，還幫詞義入腦。

哦，我明白了！粵語的可愛，不僅因為它所傳達的，還因為通過語氣的組合，它讓你看見了體態和表情。因此，粵語有音樂般的高低旋律，有打情罵俏時的酸甜幽默，更有人與人之間的溝通靈氣。

喜歡這本書，還因為同學們畫得灑脫，這些粵語畫的創作者對這片土地滿懷真誠。"小學雞"，一個獨自走出家門的低年級生，膽怯怯，心驚驚，胖嘟嘟，傻乎乎。再看那個"暈陀陀"如此這般的形象表達，好像你也跟着它一塊兒在轉中暈眩。

粵語方言會帶出美感，因為這方水土的生長者，把一個個生活畫面，濃縮為鮮活的字句，讓人看得見，識得明。該方言將四季的眷顧與耕作者阿叔、阿伯、阿嬌、阿妹緊緊地捆在一起，充滿了人間溫情。而畫出來的粵方言傳播着粵語的趣味和智慧，就像"黑濛濛"，不理解的人看了圖就理解了，他與"兩眼一抹黑"同義，但"黑濛濛"的表達方式有氣候的濕度，這就是粵語！

好喜歡戴秀珍編著的這本書。

胡川妮

2015 年 1 月於廣州

序二：畫中有話

　　假如在中華大地上缺少了粵語，想必東西南北之文明將會嚴重失衡。

　　人們之所以喜歡把粵語稱為"鳥語"，於我看來，不僅毫無貶義，更像是誇讚在"大漢語"的總譜上，竟有如此別致而又動聽的樂音！而此番樂音，早已穿越疆域及國界，遠播他鄉。

　　20世紀末，我舉家南飛花城。之前，只有在影視作品或流行歌曲裏才能聽到的時髦"鳥語"，而從此以後卻伴隨着我每天的吃喝拉撒。慢慢地，它聽上去再也不像以前那樣具有"文藝"範兒了。更令我不解的是：似乎越是貼近它，越覺得它難解難懂，若是僅靠望文生義，則無疑又犯了解讀一地方言之大忌。

　　滋生於一方水土的方言，一開始就不是為了"文藝"而生，而它，又以極其"文藝"的方式，大大地延展和豐富了文字本身的原始形態及獨特含義，成為一種公認的、記錄"別樣生活信息"的文化符號，樸實中蘊藏着千百年來人們用"口水"聚集的智慧。而方言所營造的語境，不僅成了人們尋祖覓宗的有效"暗號"，更成為解開區域文化脈絡的獨特密碼。

　　有一位年輕的女教師，帶着一幫比之更為年輕的男女學生，課內課外，日日夜夜，嘰嘰喳喳，一口氣完成了一本關於嶺南方言的奇書——它不僅可以看、可以讀，甚至還可以用來"玩"、用來"聽"；可獨享，亦可分享。至於正統或教條，根本就不是它的調性。正值於此，我倒想提出一個小小的建議：別總是習慣性地把"讀書"與"學習"生硬地捆綁在一起——倘若你手捧此書，請放下肩頭的"莊重"，再鬆開眉頭的"嚴肅"，也許你會發現，你正以一種最為自然、恰當的姿態，進入一片"鳥語花香"之中。

戴秀珍，一位土生土長的南粵美女，卻讓我這位操另一種方言的外鄉人，為其傾心而作的《看得見的廣東話》一書作序。想必她一定是別有"企圖"！而我，就是喜歡以她的方式，重新"走進"早已置身於此的這方水土。

有一天，如果真的失去了"鳥語"，百花亦將不再盛放！

曹雪

2013 年 5 月於廣州

序三：話中有畫

俗語有云：獨食難肥。有好嘢梗係要同大家分享。嚀，好似戴老師嘅《看得見的廣東話》（下稱《廣東話》），就好值得推薦。點解？簡單嚟講，三個"正"字。

第一，理念正，即係新穎。本人關注粵語凡卅呀年，都未曾見過從視覺符號呢個前衛嘅視角去介紹粵語。正所謂：話中有畫。學語言有好多唔同嘅方式，譬如講，通過組合上嘅感知去學；呢種學規則"剛"嘅方法十分之傳統。《廣東話》就界我哋提供咗另一個窗口，以"柔"嘅方法引導讀者觀賞粵語之美妙、生鬼、情趣。唔係傳統嘅"學"，係時尚嘅"嗒"。

第二，內容正，即係選材到位。好似"白話疊字"嘅第一項："笑騎騎"噉。"笑"係形，"騎"係音。"笑"，輔之以表現生動的"騎騎"，就是畫，聲情並茂的畫。又好似"口花花"同"手多多"。"口"、"手"都係靜態嘅實體詞，經"花花"（用來迷惑人）同"多多"（異常好動）的修飾，其情其景，躍然紙上。所以話呢，《廣東話》嘅獨到之處就係"話中有畫"。唔到你唔服喫。

第三，手法正，即係可視化。《廣東話》充分利用視覺圖像嘅特點，將靜態嘅語言激活起嚟，等圖文互動喺讀者嘅心目中產生一種特殊嘅感知、一種特殊嘅領悟、一種特殊嘅享受。"哈,係喎"——簡單一句,就說明《廣東話》獨特之處。另外,《廣東話》嘅下篇係個人創作嘅集成。同一個意念,唔同人會有唔同演繹嘅角度、風格、方式,可謂五彩繽紛。認唔認同,欣唔欣賞,冇所謂,着眼點就在於催生互動。而《廣東話》成功之處正正係喺呢度。

我謹祝戴老師創意嘅成功並誠意向廣大愛好粵語嘅讀者推薦噉樣嘅好書。是為序。

鄭定歐

2016 年 6 月於香港

粵語詞彙
圖形設計

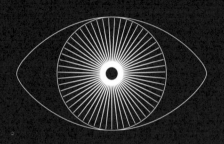

看得見的廣東話

白話疊字 — 創作 / 陳安琪

粵語濕濕碎 — 創作 / 許秋潔

童言童語 — 創作 / 梁嘉瑤

無雞不歡 — 創作 / 黎永傑

半斤八兩 — 創作 / 黃珂

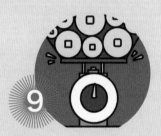

白話疊字

　　創作者自幼生長在佛山，從小說的是佛山話。事實上，佛山話與廣州話和香港話同屬廣東話，除了某些聲母、韻母和一些習慣用語的讀音跟廣州話或香港話有所不同以外，其他基本一致。

　　經過資料搜集，創作者擬定了兩個詞彙方向，一個是疊詞，另一個是外來詞。而最後確定的方向是用於形容人的疊詞。粵語中用於形容人的疊詞其實很可愛，不但讀起來讓人覺得很親切、很有意思，寫出來也更加接近人對被形容人的感受。最後在用於形容人的疊詞中又選出了 12 個。

　　因為想通過此系列圖形符號設計，讓大家（無論是說粵語長大的人，還是其他方言的人）更瞭解粵語的有趣之處，讓大家對廣州、佛山一帶的廣府文化更感興趣，所以創作者在視覺上搜集了有關廣府文化的元素，包括醒獅文化、秋色文化、佛山石灣公仔、木版年畫，還有我們小時候很喜歡在公園玩的兒童沙畫，以它們為形式與本節的圖形相結合。

　　具體創作上，首先，畫出三種不同形式的草圖。接着，選擇"口花花"這個詞彙來做出五種不同的表現形式。正稿所運用的表現形式是兒童沙畫與木版年畫的結合，讓整個圖案更具有廣府文化的味道。人物為小醒獅女演員。

siu³ ke⁴ ke⁴

笑騎騎

例句 - 笑騎騎，放毒蛇。（慣用語）

翻譯 - 笑瞇瞇地在背後耍陰謀詭計。

hau² faa¹ faa¹

口花花

例句 - 我唔鍾意口花花嘅人。

翻譯 - 我討厭油嘴滑舌的人。

zeoi² zim¹ zim¹

嘴尖尖

例句 - 呢個細路嘴尖尖。

翻譯 - 這個小孩很挑食。

sau² do¹ do¹

手多多

例句 - 你點解咁手多多㗎？

翻譯 - 你怎麼這樣多手多腳啊？

hau² heng¹ heng¹

口輕輕

例句 - 你唔好口輕輕。

翻譯 - 你別説話不負責任。

ngaan⁵ sap¹ sap¹

眼濕濕

例句 - 佢睇電影睇到眼濕濕。

翻譯 - 她看電影看得眼泛淚光。

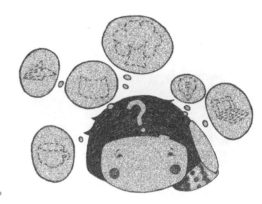

wu¹ soe⁴⁻² soe⁴

烏瀡瀡

例句 - 佢個人咁烏瀡瀡嘅。

翻譯 - 他這個人怎麼這麼稀裏糊塗的。

wan⁴ to⁴ to⁴

暈陀陀

例句 - 劫到我暈陀陀。

翻譯 - 累得我暈頭轉向。

sam¹ do¹ do¹

心多多

例句 - 一到呢個時候我就會心多多。

翻譯 - 每到這個時候我就會胡思亂想。

hau² do¹ do¹
口多多

例句 - 女仔唔好口多多。

翻譯 - 女孩不要多嘴多舌。

sam¹ si¹ si¹

心思思

例句-個男仔成日心思思。

翻譯-那個男孩心裏老是想着她。

min⁶ zo² zo²

面阻阻

例句 - 佢哋兩姊妹經常面阻阻。

翻譯 - 她們兩姐妹經常鬧不和。

方言詞彙釋義

1

笑騎騎
笑口常開，笑哈哈，笑個不停的樣子。另有"騎騎笑"一說。

口花花
形容人把話說得很好聽，有點油腔滑調的感覺。

嘴尖尖
形容人品嚐食物味覺靈敏，跟小鳥一樣挑食；吃東西愛挑剔，不將就。

手多多
形容看到什麼東西都要碰一下的習慣。

口輕輕
輕易答應別人但不一定做得到，形容輕嘴薄舌，說話不負責任。

眼濕濕
眼泛淚光的樣子。

烏瀉瀉
形容人稀裏糊塗的，什麼都不清楚。

暈陀陀
暈乎乎的，形容暈眩得天旋地轉。

心多多
指一個人喜歡的東西很多，卻又難以抉擇，三心兩意。

口多多
形容多嘴多舌，口不擇言。

心思思
形容一個人偷偷地想着一些人或事物，總惦記着不能釋懷。

面阻阻
與別人翻臉後相互見了面不理不睬的尷尬情形。

　　粵語中除了很多 ABB 式的詞語外，也有不少 AAB 式的詞語。其中，很多 AAB 式的形容詞帶有一種強調的意味，表達的程度和語氣都更強一些。而 AAB 式的動詞則多數表示持續一段時間或重複進行的動作，而不是一發即逝的行為。

嘩嘩聲 laa⁴ laa⁴⁻² seng¹ 形
釋 快一點，趕快的意思，強調速度要快。
例 就嚟遲到喇，仲唔嘩嘩聲食晒啲早餐！
譯 快要遲到了，還不快點把早餐吃完！

擒擒青 kam⁴ kam⁴⁻² ceng¹ 形
釋 匆忙，着急，形容人心急。原指南方舞獅的人沒有完成 "望青—試青—驚青—採青—碎青—吐青" 這些步驟，只是隨便舞幾下就急着將人家的大利是拿走的意思。
例 做乜成日擒擒青嘅呀？
譯 為什麼總是一副心急如焚的樣子呀？

濕濕碎 sap¹ sap¹ seoi³ 形
釋 小意思，微不足道，沒什麼大不了的。
例 寫篇報道對於佢嚟講簡直濕濕碎啦。
譯 寫一篇報道對於他來說簡直是小菜一碟啦。

立立亂 lap⁶ lap⁶⁻² lyun⁶ 形
釋 混亂，亂糟糟的樣子，形容不整潔或者治安很差，很動蕩。
例 聽講嗰度最近立立亂，都係唔好去住先喇。
譯 據說那裏現在治安很差，還是先別去了。

蠟蠟吟 laap⁶ laap⁶ ling³ 形
釋 乾淨，鋥亮，像打了蠟會反光一樣。
例 點樣先至可以將對鞋擦到咁蠟蠟吟呀？
譯 怎麼樣才可以把鞋子擦得那麼鋥亮啊？

靜靜雞 zing⁶ zing⁶⁻² gai¹ 形

釋 靜悄悄地，表示動作輕微而安靜。

例 我哋靜靜雞噉行過去，最好唔好畀老師發現喇。

譯 我們靜悄悄地走過去，最好別讓老師發現了。

急急腳 gap¹ gap¹ goek³ 形

釋 急急忙忙，形容走得很快。

例 一出事佢就急急腳鬆人，真係冇義氣。

譯 一出事他就急急忙忙地溜了，真是不講義氣。

危危乎 ngai⁴ ngai⁴ fu⁴ 形

釋 危殆，岌岌可危，很危險的樣子。

例 棟樓睇落咁危危乎，點住得人㗎。

譯 這棟樓看上去那麼搖搖晃晃，怎麼能住人呢。

搞搞震 gaau² gaau² zan³ 動

釋 搗亂，搗蛋，添亂。

例 搞搞震，冇幫襯。

譯 不幫忙，光添亂。

跳跳紮 tiu³ tiu³ zaat³ 動

釋 跳來跳去，形容很活躍。

例 個細路一日到黑跳跳紮，成隻馬騮噉。

譯 那個小孩一天到晚跳來跳去地，就像隻小猴子。

郁郁貢 juk¹ juk¹ gung³ 動

釋 動個不停，動來動去，亂動。

例 你喺樓梯上面郁郁貢小心跌落嚟呀。

譯 你在樓梯上面動個不停小心摔下來啊。

冰冰轉 tam⁵ tam⁵⁻² zyun³ 動

釋 團團轉。

例 隻貓仔成日追住自己條尾冰冰轉。

譯 那隻小貓整天追着自己的尾巴團團轉。

❷ 粵語濕濕碎

笑吟吟

眼濕濕

長瀨瀨

矮墩墩

光脫脫

密實實

黑濛濛

白雪雪

凍冰冰

熱辣辣

滑捋捋

毛鬙鬙

　　此系列圖形設計以粵語形容詞 ABB 形式作為設計主題，以疊詞形象生動、活潑有趣的特徵作為出發點，採用"無厘頭"卡通公仔形象來幫助母語為普通話的人士掌握作為廣東日常描述用語的一些形容詞。

　　詞彙總共有 12 個，為了對比其獨特之處，挑選兩個意思相對的詞彙為一組，如"白雪雪"與"黑濛濛"。同時，為了突顯點綫面在佈局上的合理關係，既要美觀又要簡練，要兼顧到視覺效果上的各個層面，於是採用像素化造型作為表現形式，並運用鮮艷的色彩來豐富疊詞的可愛之處，標明粵語讀音聲調，讓人一目了然，使大家能夠更容易開口去讀出粵語的發音。

創作：許秋潔

siu³ jam⁴ jam⁴

笑吟吟

例句 - 見你笑吟吟噉，有咩好事呀？

翻譯 - 看你笑眯眯的樣子，有什麼好事啊？

ngaan⁵ sap¹ sap¹

眼 濕 濕

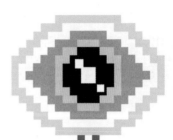

例句 - 我個 friend 成日睇韓劇睇到眼濕濕嗽。

翻譯 - 我的朋友整天看韓劇看到眼淚汪汪。

coeng⁴ laai⁴ laai⁴

長 瀨 瀨

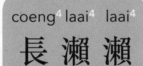

例句 - 條圍巾長瀨瀨，邊好睇呀？

翻譯 - 這條圍巾這麼長，怎麼會好看呢？

ngai² dat¹ dat¹

矮墩墩

例句 - 你生到矮墩墩嗽，着乜都唔好睇喇。

翻譯 - 你長得這麼矮小，穿什麼都不好看啦。

gwong¹ tyut³⁻¹ tyut³⁻¹

光 脫 脫

例句 - 個細路啱沖完涼，仲光脫脫就周圍走。

翻譯 - 那小孩剛洗完澡，還一絲不掛就到處跑。

mat⁶ sat⁶ sat⁶

密實實

例句 - 着到密實實驚走光咩？

翻譯 - 穿得這麼嚴實是怕走光嗎？

haak¹ mang¹ mang¹

黑濛濛

例句 - 去親海灘都會曬到黑濛濛㗎喇。

翻譯 - 每次去海灘都會曬得黑黝黝的。

baak⁶ syut³⁻¹ syut³⁻¹

白雪雪

例句 - 你用咗乜乜防曬呀，皮膚仲咁白雪雪嘅？

翻譯 - 你用了什麼防曬霜，皮膚還是那麼白嫩？

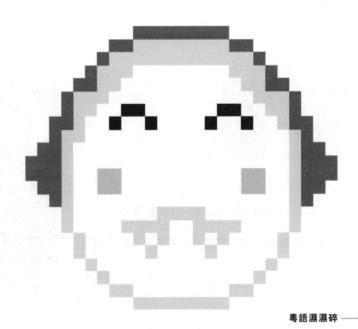

dung³ bing¹ bing¹

凍 冰 冰

———

例句 - 碗湯凍冰冰嘅唔好飲喇，小心肚痛吖！

翻譯 - 那碗湯冷冰冰的別喝了，小心肚子疼啊！

jit⁶ laat⁶ laat⁶

熱 辣 辣

———

例句 - 熱辣辣嘅《廣州日報》買份睇囉喂！

翻譯 - 最新出版的《廣州日報》買一份看看吧！

waat⁶ lyut³⁻¹ lyut³⁻¹

滑捋捋

例句 - 呢隻脫毛膏好好用吖,用完皮膚滑捋捋嘅。

翻譯 - 這款脫毛膏很好用,用完之後皮膚滑溜溜的。

mou⁴ sang⁴ sang⁴

毛鬙鬙

例句 - 隻蜘蛛毛鬙鬙嘅好核突吖!

翻譯 - 這隻蜘蛛毛茸茸的好噁心啊!

方言詞彙釋義

2

笑吟吟

笑瞇瞇。

眼濕濕

流淚的樣子。

長瀨瀨

長長的，太長的。

矮墩墩

指人長得很矮。

光脫脫

光溜溜的，完全裸露，脫得一絲不掛。

密實實

密封得緊緊的，嚴嚴實實的。

黑濛濛

黑咕隆咚，黑漆漆的。

白雪雪

雪白的，白白淨淨的。

凍冰冰

冷冰冰的。

熱辣辣

形容很燙或新鮮出爐的東西。

滑捋捋

滑溜溜的。

毛醫醫

毛茸茸的，毛髮濃密的樣子。

知識窗

ＡＡ聲

　　粵語中，"ＡＡ聲"構成的形容詞，多用來描述情形狀況或聲音狀況等。比如：

"蹬蹬聲"，表示人行走時速度較快的情狀。

例　就快遲到喇，佢蹬蹬聲噉衝入地鐵。

　　（就要遲到了，他飛快地跑進地鐵裏。）

"嘩嘩聲"，表示動作迅速、快捷的情狀。

例　爭兩個字就夠鐘，你仲唔嘩嘩聲去？

　　（差十分鐘就到點了，你還不趕緊去？）

"媽媽聲"，表示用粗言穢語大聲罵人的聲狀。

例　使唔使媽媽聲噉爆粗口呀？

　　（要不要這樣對人破口大罵啊？）

"哽哽聲"，表示人在病中呻吟或發牢騷時的聲狀。

例　佢琴晚痛到哽哽聲，咪即刻同佢去醫院睇睇囉。

　　（他昨晚痛得不斷呻吟，就馬上陪他到醫院看看唄。）

——摘自《粵語（香港話）教程（修訂版）》

鄭定歐、張勵妍、高石英編著，三聯書店（香港）有限公司出版，2014 年

當然，還有其他"AA 聲"表示
不同的情狀，列舉如下：

□□ 聲　hoe¹ hoe¹ seng¹

釋 水初沸的聲音

□□ 聲　ho⁴ ho⁴⁻² seng¹

釋 水流聲；眾人嘈雜的聲音

□□ 聲　zoe¹ zoe¹ seng¹

釋 嘰嘰喳喳

□□ 聲　zo¹ zo¹ seng¹

釋 吱吱響

□□ 聲　haai⁴ haai⁴⁻² seng¹

釋 嘆氣聲

□□ 聲　kaa⁴ kaa² seng¹

釋 笑聲

嗷嗷聲　ngaau⁴ ngaau⁴⁻² seng¹

釋 哭聲

鉗鉗聲　kem⁴ kem⁴⁻² seng¹

釋 咳嗽聲

咯咯聲　lok¹ lok¹ seng¹

釋 能說會道

含含聲　ham⁴ ham⁴⁻² seng¹

釋 人聲鼎沸

3

童言童語

包剪揼

荷蘭豆

點蟲蟲

伏匿匿

執到寶

頂呱呱

摸盲盲

洗白白

瀡滑梯

氹氹轉

排排坐，食果果

講大話，甩大牙

　　關於本節的創作對象，最初擬定了兩個方案，一是關於兒時的歌謠遊戲，一是關於方言中的歇後語，而最後選定了歌謠這個方案。

　　從兒時歌謠遊戲用語中，提取有趣的詞語，進行圖形化。在搜集資料的過程中，創作者取得許多關於兒時歌謠方面的評論。很多資料顯示，因為幼稚園要推廣普通話（比如廣州），現在的小孩子其實已經很少接觸傳統的兒童歌謠了，長此以往，可能會變相磨滅掉當地的方言。對兒童歌謠，創作者是有很深體會的，因為她是聽粵語兒童歌謠長大的，在歌謠裏，其實可以學到許多我們本地的詞彙、本地有趣的遊戲，也能夠接觸簡單的句子，接觸傳統方言留給我們的寶貴文化。

　　這套圖形設計面向的群體是兒童，從簡單的卡片圖形中，能讓他們接觸到影響了很多代人的廣府兒童歌謠、遊戲及兒時常講的一些地道方言詞彙，讓他們從簡單的圖形中，慢慢認識以及接受將要消失的兒童歌謠，所以這套圖形設計最終的呈現形式是向上翻開的卡片，讓兒童在翻開卡片的同時，能更進一步讀懂兒時歌謠裏面出現的方言詞彙。

創作：梁嘉瑤

baau1 zin2 dap6

包剪揼

例句 - 我哋嚟玩包剪揼，邊個輸咗邊個請食飯。

翻譯 - 我們來玩剪刀石頭布，誰輸了就要請吃飯。

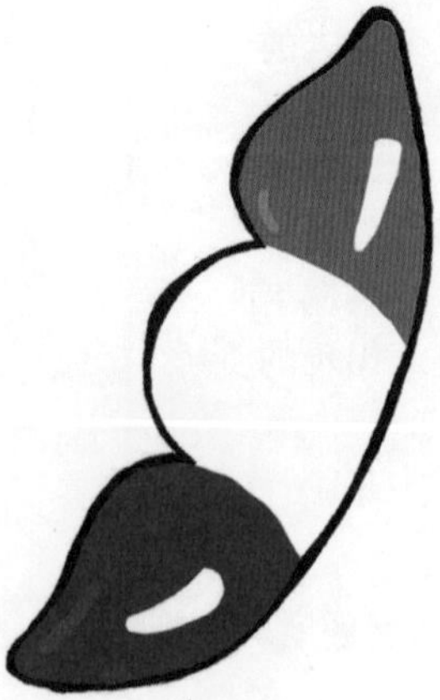

ho4 laan1 dau2

荷蘭豆

例句 - 今晚嘅晚餐有荷蘭豆炒臘味。

翻譯 - 今晚的晚餐有荷蘭豆炒臘肉。

dim² cung⁴ cung⁴⁻²

點 蟲 蟲

例句 - 點蟲蟲，蟲蟲飛。（粵語童謠）

翻譯 - 數蟲子，蟲子飛。

bok⁶ lei¹ lei¹

伏匿匿

例句 - 我細個嗰時成日同我嘅朋友仔一齊玩伏匿匿。

翻譯 - 我小時候常和我的朋友們玩捉迷藏。

zap¹ dou³⁻² bou²

執到寶

例句 - 地上執到寶，問天問地攞唔到。

翻譯 - 地上撿到寶，問天問地要不到。

ding² gwaa¹ gwaa¹

頂呱呱

例句 - 我幫阿爺買年花，阿媽讚我頂呱呱。

翻譯 - 我幫爺爺買年花，媽媽誇我棒。

mo² maang⁴ maang⁴⁻²

摸 盲 盲

例句 - 摸盲盲係我哋細個嗰時成日玩嘅一種遊戲。

翻譯 - 躲貓貓是我們小時候常玩兒的一種遊戲。

sai² baak⁶ baak⁶

洗 白 白

例句 - 跑完步成身汗，一定要去洗白白。

翻譯 - 跑步後渾身是汗，一定要去洗個澡。

soe⁴ waat⁶ tai¹

瀡滑梯

例句 - 我細個嗰陣最鍾意去兒童公園玩瀡滑梯。

翻譯 - 我小時候最喜歡去兒童公園玩兒滑滑梯。

tam⁵ tam⁵⁻² zyun³

氹氹轉

例句 - 一到過年過節就忙到我氹氹轉。

翻譯 - 每到過年過節我就會忙得團團轉。

paai⁴ paai⁴ co⁵　　sik⁶ gwo² gwo²

排排坐，食果果

例句 - 我哋排排坐，吃果果，你一個來我一個。（粵語童謠）

翻譯 - 我們一個挨着一個坐成一排，吃水果，你一個呀我一個。

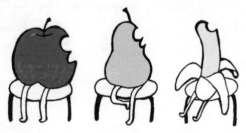

gong² daai⁶ waa⁶　　lat¹ daai⁶ ngaa⁴

講大話，甩大牙

例句 - 媽媽成日話，小朋友講大話會甩大牙。

翻譯 - 媽媽總是說，撒謊的小朋友會掉大牙。

方言詞彙釋義

包剪揼

剪刀石頭布（一種猜拳遊戲）。

荷蘭豆

豌豆。

點蟲蟲

一種兒童遊戲。

伏匿匿

躲貓貓遊戲。

執到寶

撿到寶貝，形容意外得到好處或遇到好事。

頂呱呱

稱讚語，表示非常好。

摸盲盲

蒙着眼睛玩的一種類似捉迷藏的遊戲。

洗白白

洗澡。

瀡滑梯

從滑梯上滑下來。

氹氹轉

團團轉。亦為一種"轉圈圈"遊戲。

排排坐，食果果

坐成一排一起吃水果（出自粵語童謠）。

講大話，甩大牙

撒謊就會掉大牙。

"排排坐，食果果""小明上廣州，探親友樂同遊""搖啊搖，搖到外婆橋""何家公雞何家猜，何家小雞何家猜"……這些由經典粵語童謠改編而來的兒歌已成為不少 70 後、80 後揮之不去的記憶。可能在很多人印象中，這些歌曲都是祖上傳下來的，但其實不然，他們都有着同一個作者——被外界稱為"粵語童謠之父"的香港人韋然。

"在韋然之前，幾乎沒有能唱的粵語童謠。"知名音樂人鄧偉標告訴記者。而韋然本人也坦言，如果不是上個世紀 70 年代他"傻傻地"不計成本去從事童謠的收集、再創作工作，那些歷來只能誦讀的童謠可能已經不復記憶。

據韋然介紹，上世紀 70 年代之前，粵語童謠一直都是以吟誦、順口溜的方式流傳，能唱的寥寥可數。1956 年，香港的周聰作了一首歌叫《一支竹仔》（又名《家和萬事興》），這是有記載的將童謠變成歌曲的第一首歌。

而廣州的首支粵語童謠兒歌出現在 1958 年，當時音樂人喬飛在廣東童謠元素的基礎上創作了一首家喻戶曉的《月光光》。就算到現在，都有很多人以為這首歌是祖輩們傳下來的，但其實不是，除了"月光光照地堂，蝦仔你乖乖瞓落床"這句歌詞，其他所有歌詞和旋律都是喬飛自己創作的。韋然的出現，讓廣東兒歌唱遍全球。

——摘自金羊網 2013 年 8 月 27 日報導
《"粵語童謠之父"韋然要把唐詩歌謠化》

附

《冚冚轉 菊花園》

詞：韋然

冚冚轉，菊花園，

炒米餅，糯米糯米糰，

五月初五係龍舟節呀，

阿媽佢叫我去睇龍船，

我唔去睇，我要睇雞仔，

雞仔大，我拎去賣，

賣咗幾多錢，賣咗幾多隻呀。

我有隻風車仔，佢轉得好好睇，

睇佢冚冚轉啊菊花園，

睇佢冚冚轉啊冚冚轉啊轉。

4

無雞不歡

　　方言的視覺圖形設計，是一個讓人感到既興奮又激動的課題。

　　粵語非常有趣，除了聲調、音節比較豐富之外，特殊又"得意"的詞彙也很多。創作者比較感興趣的有：含"鬼"字系列，如"爛賭鬼""鹹濕鬼"；含"蟹"字系列，如"扮晒蟹"；含"牛"字系列，如"牛精""死牛一便頸"；含"水"字系列，如"吹水""威水"等等。而最終選擇了含"雞"系列的詞語，是因為雞在廣府文化中佔有很重的比例。

　　俗話說"無雞不成宴"。在廣府及港澳地區，光是雞的做法就多不勝數，白切雞、豉油雞、鹽焗雞、沙薑雞、手撕雞、糯米雞、乞兒雞等等。除此之外，在每年廣州傳統習俗的"菠蘿誕"上，廟前擺賣的"菠蘿雞"也十分搶手，人們祈求能以此為自己帶來好運。還有民間的雞公欖，等等。

　　在作品的呈現方式上，創作者用 GIF 動畫的方式對粵語視覺化進行設計。對粵語詞彙的涵義進行提煉，並且將詞語通過幾個簡約的動作進行表達，讓讀者更容易讀懂粵語的精髓。整個設計風格輕鬆活潑、生動可愛，希望藉此設計，加深大眾對粵語的理解，感受粵語奇妙的樂趣。

創作：黎永傑

無雞不歡

caang⁴ gai¹

偒雞

例句 - 佢係一個偒雞婆。

翻譯 - 她是一個蠻不講理的女人。

zung¹ wan¹ gai¹

舂瘟雞

例句 - 你點解成日舂瘟雞。

翻譯 - 你怎麼總是打瞌睡的樣子。

ceoi¹ gai¹

吹 雞

例句 · 大佬吹雞喇。

翻譯 · 大哥吹哨子集合了。

faat³ gai¹ maang⁴

發 雞 盲

例句 - 你發雞盲㗎？

翻譯 - 你是瞎的嗎？

gai¹ gam² goek³

雞 噉 腳

例句 - 一有事你就雞噉腳。

翻譯 - 一有事你就跑得比誰都快。

gai¹ tung⁴ aap³ gong²

雞同鴨講

例句 - 同你真係雞同鴨講。

翻譯 - 和你真的沒法溝通。

tan⁴ gai¹

騰雞

例句 - 你唔使咁騰雞。

翻譯 - 你不用這麼慌張。

siu² hok⁶ gai¹

小學雞

例句 - 你成個小學雞噃。

翻譯 - 你像是一個小學生。

jat¹ man⁴⁻¹ gai¹

一蚊雞

例句 - 我有一蚊雞。

翻譯 - 我有一塊錢。

gai¹ naa² dau³

雞毑竇

例句 - 你個頭好似雞毑竇。

翻譯 - 你的頭髮好亂，好像雞窩。

zaa³ gai¹

炸雞

例句 - 小心前面有炸雞。

翻譯 - 小心前面有炸彈。

zing⁶ gai¹ gai¹

靜雞雞

例句 - 佢靜雞雞噉走。

翻譯 - 他靜悄悄地走。

佷雞

蠻不講理。

騰雞

手忙腳亂,驚慌失措。

春瘟雞

打瞌睡,暈頭轉向。

小學雞

小學生。

吹雞

吹哨子;集合。

一蚊雞

一元錢。

發雞盲

夜盲症;看不見東西或熟視無睹。

雞竇竇

母雞的窩,比喻頭髮不整齊。

雞噉腳

形容人急急忙忙走路(含貶義)。

炸雞

並非炸子雞,而是炸彈(軍棋常用)。

雞同鴨講

兩人相互之間聽不懂對方的語言。

靜雞雞

靜悄悄。

知識窗

無雞不成宴

粵菜是中國四大菜系之一，而廣東人是出了名的愛美食。早在南宋周去非《嶺外代答》中就有精闢的論述：“深廣及溪峒人，不問鳥獸蛇蟲，無不食之。其間異味，有好有醜。山有鱉名蟄，竹油鼠名獸。鷓鶘之足，獵而煮之；鱘魚之唇，活而臠之，謂之魚魂，此其至珍者也。至於遇蛇必捕，不問短長，遇鼠必執，不別小大。蝙蝠之可惡，蛤蚧之可畏，蝗蟲之微生，悉取而燎食之；蜂房之毒，麻蟲之穢，悉炒而食之；蝗蟲之卵，天蟓之翼，悉鮓而食之。”可見廣府人之雜食，但在眾多食材之中，估計沒有什麼食材的受歡迎程度能超越雞。

據《廣州日報》公佈的調查數據，廣州人每天能吃掉 160 萬隻雞，無論是家宴、宴客還是祭祖、年節，廣東人總會以雞作為主菜款待親朋好友。雞在廣府飲食界的地位真是無可匹敵，“無雞不成宴”這句俗語充分體現了廣東人對雞這種食材的喜愛。

1 粵菜中的名雞

清平雞（白切雞）、文昌雞、太爺雞、鬍鬚雞、鹽焗雞、脆皮雞、豉油雞、手撕雞、路邊雞、茶香雞、乞兒雞、荷葉包雞。

2 與雞有關的粵菜

鳳爪、掌中寶、花生煲雞腳。

3 雞的各種稱謂

雞項：尚未生蛋的雌雞。（雞項是食用雞之中，品質最好的，特別是在農村中自然放養的走地雞項，其肉質結實而鮮嫩，不怕屠滑也不會粗硬起柴，當然更不會像雞場飼料雞那樣肉質綿化。）

雞嫲：母雞。（老雞嫲是美味上好的滋補品，煲稔老雞嫲是濃香稔牙的美食。）

生雞：尚未成熟的雄雞，有初生之意。（廣東人一般都不喜歡食用生雞，民間認為，生雞有“毒”，病人、產婦不能食用，若非強壯之人也不適食用。祭祖也是不能用生雞的，認為生雞好鬥會趴爛祖宗的墳頭。粵語中有“生雞仔”一詞，專用來形容生性衝動、辦事毛躁、無甚用處的毛頭小子。）

雞公：成熟軒昂的雄雞。（廣東人並不吃雞公，都認為雞公肉比生雞更“毒”，而且肉質很韌很粗不好吃。）

騸雞：被閹割了的雄雞。（生雞初學報曉，體重三四兩時被閹割，雞冠會縮小，毛色會變淡，但又長骨絡也長肉，再飼養三幾個月，便長成體重達四五市斤，而且肉厚質嫩。民間稱這種做法為騸雞。騸雞有很多食用方法，浸、蒸、炒、炆，樣樣皆可，是肉食缺乏年代的可口美味。）

雞春：雞蛋。

* 括號內文字引自《中山商報》第 2941 期文章《無雞不成宴》

5

半斤八兩

　　本系列的所有詞彙均來自香港歌手許冠傑的歌曲《半斤八兩》。

　　"我哋呢班打工仔，通街走趯直頭係壞腸胃，搵嗰些少到月底點夠使（岌過鬼），確係認真濕滯；最弊波士郁啲發威（癲過雞），一味喺處係唔係亂嚟吠，翳親加薪塊面揤起惡睇（扭吓計），確係認真開胃。

　　"（半斤八兩）做到隻積咁嘅樣，（半斤八兩）濕水炮仗點會響，（半斤八兩）夠薑就揸槍走去搶，出咗半斤力，想話攞番足八兩，家陣惡搵食，邊有半斤八兩咁理想（吹脹）。

　　"我哋呢班打工仔，一生一世為錢幣做奴隸，嗰種辛苦折墮講出嚇鬼（死畀你睇），咪話冇乜所謂。

　　"（半斤八兩）就算有福都冇你享，（半斤八兩）仲慘過滾水淥豬腸，（半斤八兩）雞碎咁多都要啄，出咗半斤力，想話攞番足八兩，家陣惡搵食，邊有半斤八兩咁理想。……"

創作：黃珂

lyun⁶⁻² fai⁶

亂吠

例句 - 一味喺處係唔係亂㗎吠。

翻譯 - 老是在那裏不管什麼都亂罵一頓。

gau³ goeng¹

夠薑

例句 - 夠薑就揸槍走去搶。

翻譯 - 有種就拿槍去搶吧！

wan² sik⁶

搵 食

例句 - 家陣惡搵食，邊有半斤八兩咁理想。

翻譯 - 現在討生活難，哪有出半斤力，能拿回八兩報酬這麼理想的事。

ceoi¹ zoeng³
吹 脹

例句 - 家陣惡搵食，邊有半斤八兩咁理想 (吹脹)。

翻譯 - 現在討生活難，哪有出半斤力，能拿回八兩報酬這麼理想的事 (真沒辦法)。

sap¹ zai⁶
濕滯

例句 - 確係認真濕滯。

翻譯 - 確實非常倒霉。

bo¹ si⁶⁻²
波 士

例句 - 最弊波士郁啲發威。

翻譯 - 最糟的是老闆動不動就發脾氣。

gai¹ seoi³
雞 碎

例句 - 雞碎咁多都要啄。

翻譯 - 一丁點都要搶。

ngok³ tai²

惡 睇

例句 - 嗲親加薪塊面撋起惡睇。

翻譯 - 一提起加工資，老闆臉色就非常難看。

faat³ wai¹

發 威

例句 - 最弊波士郁啲發威。

翻譯 - 最糟的是老闆動不動就發脾氣。

zit³ do⁶

折墮

例句 - 嗰種辛苦折墮講出嚇鬼。

翻譯 - 那種辛苦坎坷講出來都嚇死人。

tung¹ gaai¹ zau² dek³

通 街 走 趯

例句 - 通街走趯直頭係壞腸胃。

翻譯 - 到處奔波簡直是折磨腸胃。

nau² gai³⁻²

扭 計

例句 - 嗌親加薪塊面揦起惡睇（扭下計）。

翻譯 - 一提起加工資，老闆臉色就非常難看（抗議一下）。

半斤八兩

亂吠

無緣無故地亂説話、亂罵人。

夠薑

薑，厲害的、老辣的；意為有膽量、敢作為。

搵食

原意為找吃的；引申為打工，找工作。

吹脹

憋了一肚子的氣但又無從發泄，用來形容無可奈何的心境。

濕滯

這個詞源自中醫，指消化不良，用來表達事情很麻煩，不好辦、不順利的意思。因為南方氣候潮濕，很多人會消化不良，就是"滯"。

波士

該詞是外來詞，來自英文 "boss" 的音譯，意為老闆、上司。

雞碎

一丁點，比喻量很少。這個俗語正確寫法是"雞膆咁多"。"膆"亦作"嗉"，讀"碎"或"素"音，是禽類食管下半段用來暫存食物的部分。

惡睇

很難看，通常指臉色難看，黑臉。

發威

顯示威風。粵語裏常説"老虎唔發威當病貓"，意思就是老虎應該有虎威，不然就成了病貓一樣被人瞧不起。

折墮

倒霉，陷入淒涼的境地。折者，斷，損失、彎曲也，墮者，墜落也。二者皆形容人生命運的落魄，廣東人常常用來表達厄運和報應的意思。

通街走趯

滿大街走來走去，形容忙碌奔波。趯，有"趕"的意思，通街走趯表示被老闆催趕着，在大街上到處跑業績。

扭計

撒嬌，鬧彆扭，通常指小孩子鬧脾氣。

搵工跳槽習語

　　香港是個自由的商業城市。有關搵工跳槽的習語特別多，如：

習語	注釋	示例
出糧	發工資	你哋邊日出糧㗎？ （你們哪天發工資？）
劈炮	憤而辭職	估唔到佢真係劈炮喎。 （想不到他竟然甩手不幹。）
人工	工資	一個月得萬鬆啲人工咋。 （一個月工資才萬把塊錢。）
出嚟撈	幹活兒糊口	出嚟撈話咁易咩。 （在外工作，可不簡單。）
打份牛工	形容十分勞累的工作	讀書少，打份牛工啫。 （學歷低，只能幹粗重活兒。）

習語	注釋	示例
騎牛搵馬	暫且安於現狀，伺機轉換工作	做住呢份工先，騎牛搵馬吖嘛。 （先幹上再說，有機會就跳槽。）
做到踢晒腳	（工作）忙得團團轉	一個人打理咁多嘢，做到踢晒腳。 （一個人料理那麼些事，忙得團團轉。）
做到索晒氣	（工作）忙得喘不過氣來	一做做咗十個鐘，做到索晒氣。 （一幹幹了十個小時，忙得喘不過氣來。）
炒老闆魷魚	自動辭職（自謔說法）	係老闆炒你魷魚，定係你炒老闆魷魚呀？ （是老闆解僱你，還是你自動辭職啊？）

——摘自《粵語（香港話）教程（修訂版）》

鄭定歐、張勵妍、高石英編著，三聯書店（香港）有限公司出版，2014 年

6

趣味外來詞

　　這一系列圖形所介紹的 10 個詞，均屬於粵語中的外來詞彙。粵語是眾多漢語方言中最活躍的方言之一，這裏的人們思想開放、勇於接受外來事物，在其語言體系中當然也接受外來語言的詞彙，其中主要是英語外來詞。

　　廣東人自明朝起就是跟外國人打交道的先頭部隊，清朝末年第一批出國留學的幼童當中，廣東人佔了多數，其中就有"留學生之父"容閎和"中國鐵路之父"詹天佑。之後又有大批廣東沿海地區的男丁被"賣豬仔"到美國當"外勞"。所以，粵語裏漸漸增加了許多來自英語的詞彙。而香港在英國一百多年的殖民歷史中，更是在其通用語言廣東話中增添了大量的英語外來詞。

　　在資料搜集過程中，創作者發現這批外來詞在粵英兩種形式上不僅讀音和原詞相似，而且在意思上也有很有趣的聯繫（例如"花生騷"和"fashion show"，"樂與怒"和"rock and roll"）。於是這組設計嘗試找到它們之間存在的有趣而微妙的關係，來幫助母語非粵語者能從外語這一切入點來學習粵語。在風格上，以馬賽克的方式來讓圖形變得更有趣，從而激發讀者學習的興趣。

創作：金心宇

fei⁴ lou²

肥佬

例句 - 睇怕今次英文考試又肥佬喇。

翻譯 - 看來這回英文考試又不及格了。

laang⁵⁻¹ saam¹

冷衫

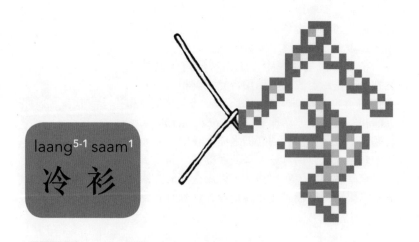

例句 - 而家啲後生女都冇幾個識織冷衫㗎喇。

翻譯 - 現在的女孩已經沒有幾個會織毛衣的了。

kau¹　neoi²

溝　女

例句 - 小説裏面嘅韋小寶係溝女高手。

翻譯 - 小説裏的韋小寶是追女孩的高手。

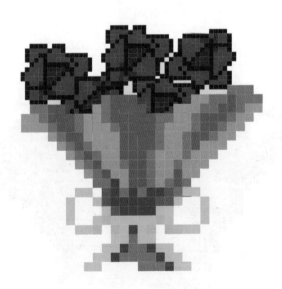

caa⁴ bou¹

茶煲

例句 - 好人好姐咁茶煲，真係服咗你嘞。

翻譯 - 好端端的人這麼婆婆媽媽，真服了你呢。

faa¹ sang¹ sou¹
花生騷

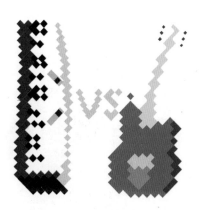

例句 - 山本耀司最新嘅季花生騷真係好正吖。

翻譯 - 山本耀司最新那個季度的時裝秀真是很棒。

lok⁶ jyu⁵ nou⁶
樂與怒

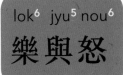

例句 - Beyond 樂隊令當時嘅香港青年瞭解咗 "樂與怒" 嘅精神。

翻譯 - Beyond 樂隊讓當時的香港青年瞭解了搖滾精神。

趣味外來詞

maai⁶ fei¹ fat⁶

賣飛佛

例句 - 榴槤酥簡直係賣飛佛。

翻譯 - 榴槤酥真是我的最愛。

maa⁵ saat³ gai¹

馬殺雞

例句 - 泰式馬殺雞好出名㗎。

翻譯 - 泰式按摩很有名的。

coeng³ saan² zi²

唱 散 紙

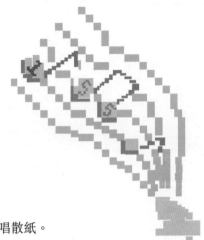

例句 - 我細妹去咗隔籬檔口唱散紙。

翻譯 - 我妹妹去了旁邊的店舖換零錢。

ban⁶ zyu¹ tiu³

笨豬跳

例句 - 玩笨豬跳要好有勇氣先得㗎。

翻譯 - 玩蹦極一定要很有勇氣才行。

方言詞彙釋義

肥佬

英文 fail 的音譯，意為失敗，不及格。

冷衫

毛衣。不是因為它是冷天穿的衣衫才這麼叫的，"冷"字的讀音可能與法語 laine 有關，指毛綫。

溝女

溝，可能來源於英文 court，有"追求"的意思。因此，"溝女"意為追女孩。

茶煲

英文 trouble 的音譯，意為婆媽、麻煩。

花生騷

源於英文 fashion show，意為時裝秀。

樂與怒

英文 rock and roll 的音譯。香港殿堂級搖滾樂隊 Beyond 發行的第九張專輯使用此名，後泛指搖滾樂。

賣飛佛

賣飛佛，是一種潮流語言，意為我的最愛，為英文 my favourite 的音譯。

馬殺雞

沿用台灣的譯法，源於英文 massage，也有一種説法是源於日本語まさち（masachi），意思是推拿、按摩。

唱散紙

找零錢。唱，發音接近英文單詞 change，表示"零錢"的意思。散紙，指小面額鈔票，也就是零錢。

笨豬跳

Bungee Jumping 是起源於英國的一項戶外休閑活動。Bungee 與粵語中"笨豬"的發音差不多，當然，也有只有笨豬那麼傻的人才會往下跳的意思。

粵普外來詞對譯

借用外來詞在語言發展中是一種很常見的現象，隨着時代變遷、族群遷徙、事物流轉，任何一種語言在衍生過程中，都會或多或少地與其他語言接觸，並碰撞融合出新的詞彙。雖然普通話中對於英語的借詞多借鑒自粵語的音譯，如："的士""曲奇""菲林""咖喱""摩登"等，但也有不少英語詞源的外來詞在粵語和普通話中的音譯是很不同的，尤其是一些特殊名詞（人名、球隊名等）。

英語	粵語	普通話	英語	粵語	普通話
cheese	芝士	起司	toast	多士	吐司
cream	忌廉	奶油	salad	沙律	沙拉
soda	梳打	蘇打	chocolate	朱古力	巧克力
apple pie	蘋果批	蘋果派	sundae	新地	聖代
strawberry	士多啤梨	草莓	vitamin	維他命	維生素
tie	打呔	繫領帶	socket	插蘇	插座
thinner	天拿水	稀釋劑	bus	巴士	公共汽車
park	泊（車）	停車	lift	軚	電梯
fare	飛	票	film	菲林	膠捲
cartoon	卡通（片）	動畫片	make a show	做騷	作秀
fashion	花臣	玩意兒	number	冧巴	號碼
spanner	士巴拿	扳手	boss	波士	老闆
snooker	士碌架	斯諾克	Beckham	碧咸	貝克漢姆（足球運動員）
Federer	費達拿	費德勒（網球運動員）	Chelsea	車路士	切爾西（足球俱樂部）
Arsenal	阿仙奴	阿森納（足球俱樂部）	Hollywood	荷里活	好萊塢

7

生猛動詞

　　創作者自幼生長在深圳，從小說粵語，對粵語有濃厚的感情。粵語的多元化與趣味性，有很大的研究空間，而本系列選擇粵語中的動詞來做圖形設計。粵語博大精深，因此，它的詞語大多是形象生動或有典可循的，而創作者正想去挖掘的便是趣味性這一點。

　　起初，畫出來的圖形僅是達意，還不夠簡練生動，因此需盡力去調整完善，希望讀者能更輕鬆、深入地瞭解粵語。在設計傳意上，首先是表述，要學習如何正確地傳遞信息，然後才是歸納，就是如何更簡潔、有效地傳達。前人所說的"信、達、雅"大概就是這個意思吧。對於創作者來說，言簡意賅是個難題，如何在複雜的圖形上做減法而又能不失其本意，是在這個課程中學習及實踐的重點。

　　最後，本系列選擇了輕鬆的手繪插畫形式，比較詼諧幽默，讓人感覺更親近、更容易接受。希望有更多人願意親近粵語，瞭解粵語。

創作：魯晴

ngaa⁶ zaa⁶

掗拃

例句 - 呢張枱咁大，真係太掗拃喇。

翻譯 - 這張桌子那麼大，真是太礙事了。

kam⁴ ceng¹

擒 青

例句 - 早啲出門就唔使搞到咁擒青啦。

翻譯 - 早點出門就不會弄得那麼匆忙了。

long⁶⁻² hau²

浪 口

例句 - 朝早起身第一件事就係浪口。

翻譯 - 早上起來第一件事就是漱口。

ci¹　　sin³

黐綫

例句 - 你唔好郁唔郁就話人黐綫。

翻譯 - 你別動不動就說別人神經病。

sam¹　sik¹

心　息

例句 - 考唔到律師牌佢係唔會心息㗎。

翻譯 - 考不到律師執照他是不會死心的。

paak³ to¹

拍 拖

例句 - 明星拍拖嘅對象通常係媒體關注嘅焦點。

翻譯 - 明星談戀愛的對象往往是媒體關注的焦點。

jat¹ goek³ tek³

一 腳 踢

例句 - 間舖得佢一個人，乜都一腳踢。

翻譯 - 店裏只有他一個人，什麼都是他包攬了。

生猛動詞

tau¹ gai¹

偷 雞

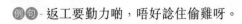

例句 - 返工要勤力啲，唔好諗住偷雞呀。

翻譯 - 上班要勤快一點，別老想着偷懶。

caau² jau⁴ jyu⁴⁻²

炒魷魚

例句 - 你再成日遲到，小心畀波士炒魷魚。

翻譯 - 你再整天遲到，小心被老闆解僱。

deng³ bou¹

揼 煲

例句 - 聽講佢地上個月揼咗煲。

翻譯 - 聽說他們上個月分手了。

方言詞彙釋義

掗拃

礙事，佔地方，引申為霸道。

擒青

匆忙，形容人心急。舞獅用的"青"，是把一封利是綁在一棵生菜上。舞獅採青的程序不能錯亂，若隨便舞幾下獅子，就將"青"取去，定會貽笑大方，被嘲為"擒青"。

浪口

漱口。

黐綫

綫路都黏貼在一起，形成短路，指神經兮兮、言行舉止有點兒不正常。常用於口語中表示不屑或否定。

心息

死心，放下心事。息，通"熄"，意思為熄滅、消失。

拍拖

原指大船載貨並拖小船一艘，主航道大拖小；近岸時小船便卸貨上岸，來回相依。後比喻男女戀愛時，難捨難分。

一腳踢

指一個人什麼都要做。以前的女傭，工作分"近身""洗熨""煮飯""打雜"四種，只有大家庭才可能請到這四種人，小家庭的要包齊四種，於是叫"一腳踢"。

偷雞

偷懶。

炒魷魚

魷魚在油鍋裏一炒就捲起來，樣子像鋪蓋捲。比喻解僱或解聘。

掟煲

分手，指戀愛或婚姻關係破裂。

趣味語氣詞

很多語言都可以用語調來表達不同的語氣，而粵語本身的聲調較多，若以變調來表達不同語氣，可能會造成混亂，所以粵語常常通過拖長語調以及語氣助詞來表達語言的情境。

這裏挑選的 12 個語氣助詞，做了形象化的表達。由於現代粵語的代表是廣州話和香港話，而"羊"又是廣州的形象代表，那麼，以羊的不同表情傳達語氣助詞的內涵與情感是再合適不過了。細心的讀者可以發現，創作者為每一隻羊穿上不同的服飾，以增強要表達的語氣感覺。

哠 coi¹

例 哠，講埋晒啲衰嘢！

釋 表示對抗、輕蔑語氣；女性用得比男性多。

嘽 ce¹

例 嘽！使唔使咁得戚？！

釋 表示無所謂語氣。

噃 bo³

例 ①你要記住囉噃～
　　②你都幾勁喋噃～

釋 ①表示希望對方注意自己所說的內容，有告知、提醒、叮嚀、催促、警告等作用。
　　②表示說話人自己突然意識到某種情況，表示醒悟或原來沒估計到等意思。

嘩 waa⁴

例 嘩！乜你咁喋。

釋 表示驚訝語氣。

哩 le⁵

例 真係咁㗎,我冇呃你哩。

譯 雖然句子用的是第二人稱,但實際上表明說話人在此之前已經知道某個事實。

咩 me¹

例 你估我唔知咩?

譯 表示疑問語氣。

嗱 naa⁴

例 嗱,我都講咗㗎喇,係你唔信我咋。

譯 用於指示方向,也可用於把事情的真相傳達給聽話者。

吓 haa¹

例 吓?真係佢呀?

釋 表示驚訝不敢相信的語氣。

妖 jiu¹

例 妖,你唔信我就算喇!

釋 表示生氣,蔑視的語氣,幾近粗口。

咦喂 ji⁴ wai³

例 咦喂,幾好吓喎。

釋 "咦喂"在語氣助詞中比較特別,只能用於句子前面以引起聽話者注意,帶有驚喜、意料之外的意思。

啫 ze¹

例 你究竟去咗邊度啫?

釋 可以表示對事情的追問,加強音重也可表示不耐煩。

之嘛 zi¹ maa³

例 係得你係咁之嘛。

釋 帶些許埋怨的語氣。

創作：楊健婷

8

喵星人粵語

　　粵語作為廣東的主要方言之一，音調豐富，詞彙量多，且文化內涵深厚。它不僅較多地承載着中文的古語文化，而且還維繫着粵語使用者的感情。粵語之中有較大一部分詞語源於生活，一出口便形象生動，在日常交談中都會多幾分趣味。

　　這個系列的創作，用了生活中的粵語，分為褒義詞和貶義詞兩組，結合黑白兩隻可愛的貓仔，去表現粵語的生動、盞鬼。

創作：梁澤冠

ging⁶ cau¹

勁 抽

例句 呢位大俠一腳就踢飛斧頭幫啲惡人，勁抽！

翻譯 這位大俠一腳就踢飛斧頭幫的惡人，厲害！

ce¹ taai⁶ paau³

車 大 炮

例句 成日車大炮講到自己咁叻，有事嗰陣就乜都做唔到。

翻譯 成天吹牛說自己很有能力，當有事情發生的時候卻什麼都做不到。

baa² paau³

把 炮

例句 貓捉老鼠，有把炮。

翻譯 貓抓老鼠，有把握。

si⁵ kui²

市儈

例句 佢真係市儈，為咗一蚊就見利忘義。

翻譯 他真是個唯利是圖的人，為了一元就見利忘義。

sang¹ gwai²

生 鬼

例句 - 隻隻貓仔都咁生鬼。

翻譯 - 每隻貓仔都這麼活潑、可愛。

jau⁵　jing⁴

有 型

例句 - 佢學跳 MJ 隻舞，跳得幾有型。

翻譯 - 他學跳 MJ 的舞，跳得很好看。

maau⁴ dan²

茅躉

例句 - 講好鬥射箭，你就射長矛，仲 □（dat¹）住個箭靶射，正一茅躉王來㗎。

翻譯 - 講好比射箭，你就射長矛，而且還頂住個箭靶射，真是很無賴。

gaau² si² gwan³
攪屎棍

例句 隻衰貓成日攪屎棍，搞到雞飛狗走、烏煙瘴氣。

翻譯 這隻壞貓成天搗亂，搞到雞飛狗跳、烏煙瘴氣。

leng³ baau³ geng³

靚 爆 鏡

例句 - 佢就算唔化妝一樣靚爆鏡。

翻譯 - 她就算不化妝照樣漂亮得不得了。

dung³ gwo³ seoi²
凍 過 水

例句 - 隻貓仔跌落海，今運真係條命仔凍過水。

翻譯 - 那隻貓仔跌落海了，這次生命真的是非常危險了。

dim⁶ gwo³ luk¹ ze³

掂 過 碌 蔗

例句 - 有能力做嘢就掂過碌蔗。

翻譯 - 有能力做事就會特別順利。

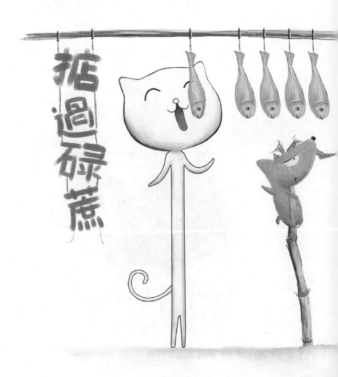

saa¹ daam²
沙 膽

例句 - 隻貓仔居然咁沙膽用烏蠅拍拍鯊魚。

翻譯 - 這隻貓仔居然那麼大膽用烏蠅拍打鯊魚。

喵星人粵語

方言詞彙釋義

勁抽

很厲害，水平高的意思。

車大炮

吹牛，説大話。

把炮

形容有把握，有能力，有解決問題的辦法。

市儈

舊指買賣的中間人，現泛指唯利是圖的人。

生鬼

鄭文光《夜漁記》："都説我早就該見太公去了，卻一直活下來，還那麽生鬼。"粵語中引申為生動、生猛。

有型

帥氣、有魅力的意思。多用於形容男性。

茅躉

耍賴、潑皮，不守規則。

攪屎棍

原指農民攪動茅糞的棍子，目的是把沉澱的人糞尿攪拌均勻，用來澆灌農作物。後來引申為搬弄是非，喜歡興風作浪，攪局的人。

靚爆鏡

漂亮得把鏡子都照爆了，形容很漂亮，多有調侃之意。

凍過水

沒有希望，不樂觀。

掂過碌蔗

比甘蔗還要直，形容事情的進展非常順利。

沙膽

膽子大的意思。

　　粵語詞彙中，除了有"雞""鬼""水"等高頻詞之外，還有與"貓"組合的詞語。列舉如下：

貓樣 maau¹ joeng⁶⁻²
釋 德行樣兒（罵人的話）；難看的樣子，含貶意。

櫃位貓 gwai⁶ wai⁶⁻² maau¹
釋 招財貓。

爛瞓貓 laan⁶ fan³ maau¹
釋 嗜睡的人。

邋遢貓 laat⁶ taat³ maau¹
釋 不講衛生，雜亂無章的樣子。

花面貓 faa¹ min⁶ maau¹
釋 外表尤其是臉部髒髒的人。

三腳貓 saam¹ goek³ maau¹
釋 比喻表面像個人才，實則差勁。

為食貓 wai⁶ sik⁶ maau¹
釋 嘴饞、貪吃的人。

醉貓 zeoi³ maau¹
釋 好喝酒者；喝醉的人。

野貓 je⁵ maau¹
釋 有姘夫的女人。

病貓 beng⁶ maau¹
釋 病態慵懶，好欺負的、贏弱的人。俗語"老虎唔發威你當我係病貓"，意思是別以為我好欺負。

賴貓 laai⁶⁻³ maau¹

釋 耍賴，說話不算數。

出貓 ceot¹ maau¹

釋 打小抄，作弊。

貓紙 maau¹ zi²

釋 小抄兒，作弊用的小紙條。

扯貓尾 ce² maau¹ mei⁵

釋 暗中串通好，唱雙簧，合夥騙人的意思。

食死貓 sik⁶ sei² maau¹

釋 背黑鍋，被人冤枉的意思。俗語"屈人食死貓"，
意思是設計罪名強加於人。

食貓麵 sik⁶ maau¹ min⁶

釋 捱罵，受冷遇，遭受刁難，下不了台的意思。

老貓燒鬚 lou⁵ maau¹ siu¹ sou¹

釋 老貓倒讓火燎了鬚鬚，比喻有經驗的、技藝嫻熟
的老手一時失算，如老馬失蹄。

神台貓屎 san⁴ toi⁴ maau¹ si²

釋 比喻人人討厭、憎惡的傢伙。俗語"神台貓屎，
人憎鬼厭"，意思是遭到大家的討厭。

小貓三兩隻 siu² maau¹ saam¹ loeng⁵ zek³

釋 冷清的意思。

9

粵醒水粵好彩

古代南粵地區很多時候是通過水路聯通內外，實現通商貿易、文化溝通的。廣府文化作為粵文化的代表，也因為水路的發展帶動了廣州經濟、文化的發展，由此孕育出獨特的水文化。

創作者選取與水有關的粵語詞彙作為主題，取色來自色彩斑斕的廣州西關大屋滿洲窗，以一種有趣年輕的表達方式展現不一樣的南粵水文化。

我們常說"水為財"。像"食水"，本意係指船舶水位的深淺，船身"食水位"越深，等於運載的貨物越重，證明賺取的利潤就越多，引申義就變成中間環節賺錢的收益。

因而，創作者將粵語中與"水"有關的詞彙核心義選定在好意頭上，以寓意幸福、祈求吉祥。

· 切入點："水"的詞彙＋好寓意

· 概念："水"＋好彩

· 形式：做成"復刻"、籤文的樣式

· 資料：取自年畫、籤文、通勝、木刻、春聯、疊字、文字組合等

· 色彩：取自西關大屋滿洲窗的紅黃藍，並輔以綠、粉紫和白色

創作：黎俊豪

sing² seoi²

醒 水

sing² seoi²

例句 - 做嘢夠醒水，即可加薪水。

翻譯 - 在工作上機靈一點，加薪的機會就大一點。

daap⁶ seoi²

踏 水

例句 - 工資咁踏水，又唔使交稅。

翻譯 - 工資這麼好賺，而且還不用交稅。

daap⁶ seoi²

bong⁶ seoi²
磅 水

例句 - 速速來磅水，收錢好手勢。

翻譯 - 我都準備好了，快點來交錢。

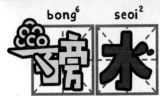

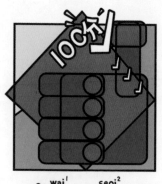

wai¹ seoi²

威水

例句 - 考試得滿分，確實係威水。

翻譯 - 考試拿滿分，確實很厲害。

ceoi¹ seoi²

吹水

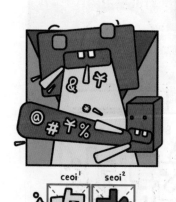

例句 - 坐埋吹下水，生活好風趣。

翻譯 - 坐下來聊聊天兒，生活趣味足。

ngam¹ sam¹ seoi²
啱 心 水

例句 - 唔怕冇人追，最要啱心水。

翻譯 - 不怕沒人追，還是得要合心意。

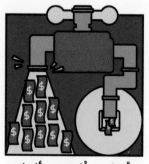

daai⁶ seoi² hau⁴

大 水 喉

daai⁶ seoi² hau⁴

例句 - 做個大水喉，日日唔使愁。

翻譯 - 做個有錢人，天天不用愁。

paa⁴ ngaak⁶ seoi²

扒 逆 水

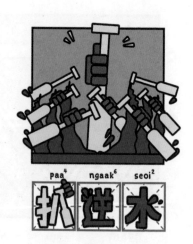

paa⁴ ngaak⁶ seoi²

例句 - 改革扒逆水，效果非一般。

翻譯 - 改革有時候就要多創新、"出奇招"，才能取得不一般的效果。

zyu¹ lung⁴ jap⁶ seoi²
豬籠入水

例句 - 豬籠多入水,賺夠咁先對。

翻譯 - 財源滾滾來,要多賺一點才是。

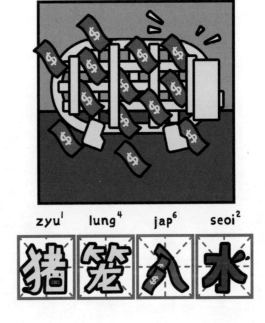

zyu¹　　lung⁴　　jap⁶　　seoi²

豬　　籠　　入　　水

醒水

就好比是機靈的意思，形容一個人警覺性高、反應快。

踏水

指的是容易賺錢、錢很多的意思。

磅水

原為舊社會黑暗勢力向人勒索錢財時使用的黑話。後來人們説俏皮話時也使用這個詞，表示交錢、交款等意思。

威水

"威水"是粵語常用口語之一，指了不起、很厲害，常用於讚賞他人，如"你都幾威水嘛。"

吹水

"吹水"是粵語常用口語之一，大致可以理解為侃侃而談之意，形象地表現了口水花四噴的情景。比聊天一詞又更市井、更親切一點。

啱心水

"心水"即心意、想法。"啱心水"就是指合心意，又叫"合心水"。

大水喉

"水喉"即水龍頭。粵語裏"水"又指錢財，"大水喉"則是有大量錢財進出的人，即有錢人、有實力的人、大款。用現在的網絡用語解釋就是土豪。

扒逆水

"扒"即划船。"扒逆水"就是逆水行舟的意思。一般指人言行不合常規，後來也表示積極意義的標新立異。

豬籠入水

當豬籠放到水裏時，四周的水都向豬籠裏灌，那就是粵諺"豬籠入水"。通常用來形容一個人財路亨通，財富從四面八方滾滾而來。

知識窗

粵食粵有味，食出廣東話

　　所謂"食在廣州"。廣州人愛吃，能吃，會吃，敢吃，恐怕是大家都知曉的。"辛苦搵來自在食"的廣州人自然而然就產生了獨特的"食"文化。留心觀察，粵語中很多詞彙，抑或是俗語或歇後語，都是與"食"相關的。比如，在食具上，有"蒸籠""樽""鉢""鑊""沙煲"等；在烹調上，有"炆""爆炒""飛水""過冷河"等；在菜品上，有"茶點""糕點""燉品""燒味""老火靚湯"等。

　　以茶樓、小吃和大排檔的食譜為例，一窺廣東話的俗語和歇後語。

一、茶樓

一盅兩件

口水多過茶

隔夜油炸鬼——冇哩火氣

隔夜茶——唔賭唔安樂

叉燒包掟狗——有去無回

猛火煎堆——皮老心唔老

年晚煎堆——人有我有

有碗話碗，有碟話碟

冇耳茶壺——得把嘴

酒樓例湯——整定

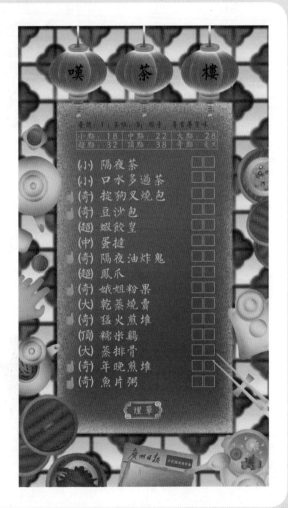

二、小吃街

掂過碌蔗
茅根竹
糖黐豆
大番薯
過冷河
上面蒸鬆糕，下面賣涼粉
芋頭煲糖水——心淡
廣東涼茶——包好
亞茂整餅——冇個樣整個樣
亞仔飲沙士——有氣講唔出

口水多過茶

三斤豬頭 —— 得把嘴

三、大排檔

大鑊
頂鑊
揼煲
穿煲
倒吊沙煲
煲電話粥
煲老藕
炒魷魚
東莞臘腸
冬瓜豆腐
白糖炒苦瓜——同甘共苦
苦瓜撈牛肉——越撈越縮
三斤豬頭——得把嘴
豉油撈飯——整色整水
祭灶鯉魚——瞇埋雙眼亂嗡
崩嘴茶壺——難斟

冬瓜豆腐

大鑊

頂鑊

隔夜油炸鬼 —— 冇哩火氣

創作：黃宇智

苦瓜炒白糖——同甘共苦

猛火煎堆——皮老心不老

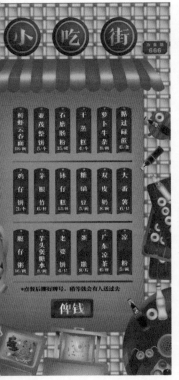

10

識講唔識寫嘅字

很多粵語詞彙是十分有趣的，但是許多人都不會寫。

粵語的聲調、音節比較豐富，與北方方言相比，粵語有自成體系的音韻系統。創作者作為土生土長的廣州人，講了那麼久的粵語，還是有很多的粵字不會寫，所以想將之做成一系列海報。

這一系列的設計，主要圍繞字體設計和圖形設計展開，從粵字、粵詞入手，並且標注讀音。在形式上，模仿木刻版畫；部分內容加入圖片拼貼，而排版從簡，以凸顯生詞。

創作：鄺逸詩

gau² daai⁶ gwai²

九大簋

例句 -《普通話九大簋》你有冇睇過？

翻譯 - 你是否讀過《普通話九大簋》（即：普通話教學盛宴）這本書？

mou⁵ deng⁶ kei⁵

冇埞企

例句 - 滿地大頭釘，企都冇埞企。

翻譯 - 滿地大頭釘，站都沒有地方站了。

keoi⁵ haa⁶ ngo⁵

佢疓我

例句 - 唔好以為係蝦畀人搶咗嘢,至嗌佢疓我。

翻譯 - 不要誤以為是蝦的東西被搶了,才用"佢疓我"來形容被欺負了。

zyu² nung¹ faan⁶

煮燶飯

例句 - 睇住火,唔好煮燶飯。

翻譯 - 留心掌握火候,別把飯煮糊了。

ngaam⁴ caam⁴

岩巉

ngaam4 caam4

例句 - 咁岩巉，蟲仔都爬唔上去。

翻譯 - 這麼多坑坑窪窪，蟲子都爬不上去。

ngaan⁵ fan³

眼瞓

例句 - 啱啱做完 gym，眼瞓想瞓覺。

翻譯 - 剛健身完，累了想睡覺。

眼瞓
ngaan5 fan3

zaa¹ ce¹

揸車

例句 - 揸車，即係用手揸住成架車咯。

翻譯 - 開車，不就是用手將整部車托起來嗎？

king¹ gai⁶⁻²

傾偈

例句 - 得不得閒，出來傾吓偈。

翻譯 - 有沒有空，出來聊會兒天。

九大簋

舊式宴席的一種,即廣東一帶的傳統盛宴。

冇埞企

形容人特別多,多到已經沒有地方可以站了。

佢疭我

"疭",即痢疾。形容對方欺負我,讓我覺得很無助。

煮燶飯

把飯煮糊了,有時可引申為把事情搞砸了。

岩巉

指的是表面或面部凹凸不平,不整齊,不好看。"巉",本義是山勢高峻、山峰峻峭,在這個詞裏可引申為言辭尖刻。

眼瞓

疲乏欲睡。

揸車

開車的意思。

傾偈

坐在一起聊聊天。

知識窗

盞鬼嘅金句

　　"棟篤笑"，是源自於西方 "stand-up comedy" 的表演藝術，由黃子華引進並推廣開來。可以說，黃子華的"棟篤笑"，風靡粵港澳地區，甚至在粵語區以外也備受推崇。

　　他將南粵語言中的幽默成分發揮得淋漓盡致。自嘲與反諷的舞台風格，是人們樂觀面對生活的典型體現。黃子華將南粵地區的方言諺語等語言元素，與當地人的生活智慧結合起來，創造出一個全新的表演藝術。本節選取"棟篤笑"中一些詼諧幽默的金句，結合現代的視覺符號，以各種生活常用品為載體，將南粵人對生活的樂觀態度呈現出來。

例如：
唔係猛龍唔過江
唔係豬扒唔化妝
眼大無神
鼻大吸塵
口大正衰神
有人睇到就黃飛鴻
無人睇到就壹條蟲

此外，還有諸如：
你食魚翅，我食粉絲
你揸 Benz，我坐 Bus
十蚊三支，飲到白癡
你對佢如珠如寶，佢當你鹹魚水草
……

一切幽默、盞鬼，盡在棟篤笑。

創作：趙文慧

識講唔識寫嘅字

粵語視覺
創意設計

看得見的廣東話

下編的粵語視覺設計作品，選自廣州美術學院設計學院視覺傳達專業 2011 年的幾份畢業設計作品和本書美編的一組作品。

　　當時，有數位同學抱持着對傳承本土文化的熱情，投入到"方言視覺"的畢業設計課題研究中來。他們從不同的興趣點出發，以推廣粵語為目標，各自探尋出一條有趣的路徑來。現在回頭看，這些探索雖然不成熟，但仍舊各具姿態。

　　在此收錄了其中四個設計項目，它們在選題方向、概念構思、視覺表達方式及與觀眾的互動方式上都不一樣，唯一相同的是作者對粵語文化的鍾愛。

粵語表情包：

社交網絡語言符號

— 創作 / 貢昕

創作初衷

　　嘗試通過視覺設計，增加網絡交流的趣味性和情感體驗，同時使粵語方言文化在新媒體中延續、再生。

　　作為一個小眾設計項目，若首先能使這批小眾人群受樂、受益、受用，便是本設計的良好預期效果。若繼而能使其傳播於更廣的受眾，或吸引更多人瞭解粵語，或引起更多人關注方言的現狀，關注其對一座城市的深刻影響，從而更熱愛自己的家園與文化，則是本設計美好的願景。

　　除了區域內的交流，方言還可以有什麼用途？

　　這是本設計一開始就要解決的問題。語言的生命在於使用，方言的再設計，不只是將它的音美或意韻形而上地剝離，以供觀賞，關鍵在於繼承精神的同時，以更適合時代走向的方式加以發展。

　　現在是網絡的時代，數字化的交流方式成為現代人的習慣。縱然即時的文字、語音、視頻傳遞了我們的訊息，但隔着冷冰冰的屏幕，敲擊機械鍵盤的我們仍然難以真切地感受網絡那一頭的對方是喜是怒，是慮是思。

　　"兔斯基"等一系列網絡表情的流行證明了人們在文字表達之餘，對輔助圖形的需求。圖畫，或動態圖像，作為最原始直觀的認知形式，成為高速信息交流中文字的最好替代形式與注釋，也是格式化數字時代最渴求的人性元素。若將方言結合動態圖形介入此中，既有利於方言文化的傳承，也增添了交流表達的"溫度"。

設計思考

　　這套設計肩負了一個特別而重要的"使命"——使方言文化在新傳媒中再生。

　　世界在網絡中變"平"，個體之間的差異在高速交流中愈加統一化，如同走出家門，所有的城市都長着一樣的摩天大廈，爬着一樣的四輪汽車，道旁是修剪了一樣髮型的樹木。除非聽到鄰居街坊還操着一口別有風味的家鄉話，否則，我們無法真切感受自己身處之地那份泥土的清香。現實尚且如此，何況格式化制式的網絡？所以這便是粵語表情更深層的意義，謀求傳統、本土的發展新可能，謀求千篇一律中的個性化。

　　目前已有的網絡表情還未出現過水墨元素，大多數表情以一個固定角色為演繹主體。方言屬傳統文化，所以這份設計嘗試使用一個帶有東方文化韻味的墨點作為延伸母體，統一整套表情符號，而非某個特定的角色。表情動態的設計儘可能有趣、貼切，視覺設計上努力尋求生活化的感覺，減緩墨點帶來的過度的文化氣息。

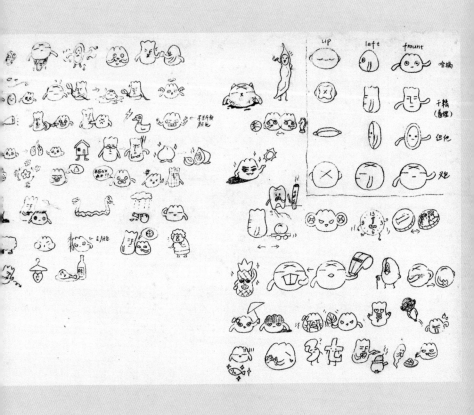

前期研究

網絡使用的高頻粵語詞彙：

常用口語：唔該、早唞、早晨、返屋企、沖涼、捱夜、屙尿、肚餓、咩、唔知、係呀、冇嘢吖嘛、大鑊、唔係路、頂你個肺

形容詞：蒙查查、嬲爆爆、笑騎騎、口花花、陰功、鹹濕、核突、乞人憎、巴屎閉、陰陰濕濕

動詞：曬命、發姣、扮嘢、仆街、心淡、混吉、嘔血、發爛渣、冇眼睇、錫晒你、靚爆鏡

名詞：細路、八婆、老友、豬頭丙

最後通過調研選定網絡使用最頻繁的 40 個粵語詞彙，以此為文本基礎來進行網絡表情符號的創作。

嬲爆爆

蒙查查

頂你個肺

陰陰濕濕

冇嘢吖嘛

咩？

八婆

屙尿

嘔血

沖涼

大鑊

混吉

曬命

肚餓

捱夜

唔知

發姣

細路

陰功

心淡

返屋企

笑騎騎

錫晒你

發爛渣

冇眼睇

早晨

唔該

仆街

靚爆鏡

早唞

部分動態表情拆解

zou² san⁴

早 晨

[早上好]

saai³ meng⁶

曬 命

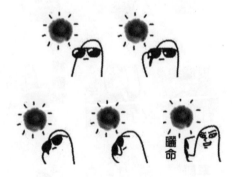

[炫耀，顯擺]

cung¹ loeng⁴
沖涼

———

[洗澡]

daai⁶ wok⁶
大鑊

———

[麻煩，糟糕]

m⁴ goi¹

唔 該

———

[勞駕；謝謝]

sam¹ taam⁵

心 淡

———

[心灰意冷]

wan⁶ gat¹

混 吉

———

[白忙活;添亂]

zou² tau²

早唞

———

[晚安;早點休息]

faat³ laan⁶ zaa²

發 爛 渣

———

[發脾氣，耍賴]

mou⁵ ngaan⁵ tai²

冇 眼 睇

———

[看不下去，不管]

hat¹ jan⁴ zang¹

乞人憎

———

[討人嫌]

jam¹ jam¹ sap¹ sap¹

陰陰濕濕

———

[陰險狡猾]

粵語表情包 2.0 版

──雷猴，我係個平凡嘅廣東青年，呢度好鬼熱，所以我淨係着條孖煙囪。同我一齊學講廣東話啦！

──你好，我是個平凡的廣東青年，這裏好熱，所以我只穿條短褲。跟我一起學説粵語吧！

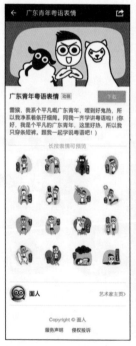

我睇方言

方言是給人以強烈歸屬感的小眾母語，
能瞬間拉近特定人群之間的距離；
亦是植根、還原生活本真的文化瑰寶，
有着天然的親民基因。
方言蘊含了豐富的民眾智慧，
保留了久遠的歷史積澱，
如同地域發展的活化石。
方言給本地人以強烈歸屬感，
更是遊子尋求思源慰藉的鄉音，
它的認可離不開這群受眾。
方言與普通話的"是非之爭"，
是一座城市在發展中對重新認識自己的探討，
它與城市性格息息相關。
語言的生命在於使用；
方言的再設計，
關鍵在於繼承與發展。
我希望能夠通過這個設計——
粵語網絡表情符號，
結合動態圖形介入現代人的生活溝通方式中，
在促進方言文化傳承的同時，
也提高現代交流表達的"溫度"。

曬命

發爛渣

核突

嘔血

靚爆鏡

錢唔夠

咩？

笑騎騎

黑人憎

2

粵飲粵有戲：

飲料產品包裝設計

— 創作 / 關小琴

創作初衷

這個設計項目希望通過結合廣州本土老字號的碳酸汽水品牌——沙示的包裝設計，用趣味、獨特的限量版汽水包裝推廣粵語，提升粵語知名度以及趣味性。

設計方案希望突出品牌的粵文化基因，利用"有汽"和"有戲"兩個詞語在粵語中同音來作文章："有汽"是產品突出的特點，"有戲"表明了該產品融入生活，見證了民生百態的特點，而"有戲"更指對某些目標的追求有機會，表達了一種希望與自信。

因此，設計以粵語的語氣助詞作為切入點，結合日常生活情景對話的設計，在汽水包裝上撰寫了一些非常日常的話語，配合相應情景的現代卡通插畫，讓這些生動的生活對白更顯親切。這些包裝上的話語中富含情緒，會說粵語的人看到這樣的包裝能會心一笑；而不會說粵語的人在一邊品嚐飲料的同時，也能一邊從外包裝上學習一句簡單的家常粵語，從味覺及視覺上都感受濃濃的粵語風味！

設計思考

在品牌選擇上，為什麼會選取亞洲沙示汽水限量版包裝設計？

第一，亞洲沙示汽水是廣州土生土長的老字號碳酸汽水，伴隨了許多廣州人的成長，這種味蕾的感受在老廣州的記憶裏佔有一席之地；第二，非常獨特的味道；第三，口碑良好，一直以來，沙示汽水朗朗上口的廣告語一直深入人心。

（编者按：本节作品保留原始图案的效果，故注音並非採用香港粵拼的系統。）

前期研究

第一步工作，是對粵語語氣助詞的整理。

用於句末，表示敘述、肯定的語氣：嘅、咧、吖、嘞、喇、囉、囉喂、㗎、㗎喇、㗎嘞、嘛、嘅嘛、喎、啦、嗱、啫、咋、之嘛、罷啦、係啦。

用在句末表示問話：呀、㗎、喇、咧、喎、嘞、嘅、咩、啫、咩。

單獨使用表示感嘆、驚嘆等語氣：嘩、哈、㗎、嗿、咪、呢、哣、嘷、呢嘷。

類別	詞語
表祈使	啦、囉
表疑問	咩、㗎、咦、呀、呵、吖嘛、吓嘛、吓嘩
表無所謂	之嘛、嗱、嗿
表完成	嘞、咯
表提醒	㗎、嘞㗎、咋、咋吓、咧、㗎咋、嚟㗎
表對抗或輕蔑	咪、呸
表肯定	喇、嘅、㗎、㗎喇、㗎嘞
表猜測	咩、喇咩
其他	嘷、啫、喎

* 以上語氣助詞分類主要整理自《廣州話分類詞典》。

"好氣"指的是有多餘的力氣的意思,通常是貶義。

"冤氣"通常是形容情侶兩人親密得有點過分,旁人都看不下去了。

"嗤氣" 指的是說了也白説，浪費氣力的意思。

"谷氣" 指的是生氣沒地兒發泄出去，憋着憋着。

"鑊氣" 指用鑊烹調食物，火候恰當使得食物香味四溢。

"喪氣" 指的是沒精神，情緒低落的意思。

"嚕氣"指的是長氣，囉嗦的意思。

"勞氣"即生氣，女人勞氣時候的樣子，就像燒着的火一樣。

"飯氣攻心"指的是吃飽沒事兒幹，想睡覺。

3

悅讀星粵語：

個性化電子讀物

—— 創作 / 劉樹立 張華念

創作初衷

　　對於遷徙到一個新地方生活工作的人來說，學習方言常常是雖有需求卻感不易。我們創作《星粵語》這本電子書，就是希望通過挖掘周星馳粵語電影中的經典台詞，搭配趣味性的誇張視覺方式，設計一種新的粵語音像趣味教學方式。

　　很多人知道、瞭解並且想學習粵語，很大程度上是受到香港娛樂文化的影響，香港歌曲的風靡和香港電影的傳播，在粵語文化的推動上有非常突出的作用。而具有濃厚港味的周星馳電影因其對白的幽默獨特，為影迷廣為傳頌，在年輕人中掀起熱潮。

　　最早可以追溯到 20 世紀 80 年代，在周星馳的電視劇作品《蓋世豪俠》中，周星馳的角色有幾句口頭禪，例如"坐低飲啖茶，食個包"（即"坐下來喝一口茶，吃一口包"，意指有事坐下來慢慢談），"你講嘢呀？"（即"你在說話嗎？"，暗諷對方說廢話），成為當時香港人的口頭禪，由此出現了民間的周星馳現象。而這種風格已經成為一個特殊的文化標誌和商業標誌，表達了小人物的情感，更體現了一種人文關懷。隨着周星馳電影的普及，周星馳的大量經典台詞已經成為粵語地區的日常用語，甚至在非粵語地區廣為流傳。

　　因此，本設計想藉助周星馳電影作品在民間尤其在人們日常口語中強大的影響力，以其經典的電影對白為基礎，創作出一種更生動有趣的粵語學習方式——視聽結合的電子書。對粵語的趣味與網絡快捷傳播等方面的探究，或許可以讓我們以一種輕鬆的方式去體驗粵語的趣味和魅力所在。

設計思考

　　從電子書"閱讀‧悅讀"的角度出發，可以切分為以下的結構：原電影片段 ＋ 幽默插畫 ＋ 生詞釋義 ＋ 對白例句。

內容架構

電子書的內容根據對白詞彙的不同風格劃分為三個單元
第一部分：《咧咧啡啡》（常用口語）；
第二部分：《呃返嚟嘅》（外來語）；
第三部分：《隨口噏下》（俗語諺語）。

（編者按：受限於表現形式，本書未能盡錄，以下摘選了部份章節）

嗨！我哋《星粵語》係用星爺嘅粵語電影台詞、角色，加上誇張插畫配製而成，無需多講嘢，亦不含"防腐劑"，除咗幽默之外，顏色仲好好睇。睇咗《星粵語》嘅朋友，顧名思義，係唔會唔識講粵語嘅，實在係學粵語之必備……